主编　凌翔　　　　　　　　　新时代精品朗诵诗选

# 我把赞歌唱给你

### 朱明东　著

中国民族文化出版社

北　京

**图书在版编目（CIP）数据**

我把赞歌唱给你 / 朱明东著. — 北京：中国民族
文化出版社有限公司，2020.5
ISBN 978-7-5122-1354-8

Ⅰ.①我…　Ⅱ.①朱…　Ⅲ.①诗集—中国—当代
Ⅳ.①I227

中国版本图书馆CIP数据核字（2020）第072770号

书　　名：我把赞歌唱给你
作　　者：朱明东
责任编辑：李易飏
出　　版：中国民族文化出版社
地　　址：北京东城区和平里北街14号（100013）
发　　行：010-64211754　84250639
印　　刷：唐山楠萍印务有限公司
开　　本：710mm×1000mm　1/16
印　　张：13
字　　数：120千字
版　　次：2020年5月第1版第1次印刷
书　　号：ISBN 978-7-5122-1354-8
定　　价：49.80元

# 目 录

## 第五辑　从税之旅

## 第六辑　祖国之歌

第一辑　青春之梦

# 我渴望

在春的旋律中，我渴望
催人年长的时钟慢些悠扬
在火热的黄沙里，我渴望
葱郁苍翠的林海鼓动清凉
在荒寂的山冈上，我渴望
生命的枝芽在此吐芳
品尝艰辛的含量后，我渴望
甘美的果实我们共同分享

当我跌倒的瞬间，我渴望
热情的双手即刻搀扶我的臂膀
攀登人生最高峰的一刻，我渴望
脚下别有寒流的侵伤
漫游浓荫的小路时，我渴望
爱的伴侣和我并肩神往
处地谈心之际，我渴望
海内知己早日来到我的身旁

陪同风的洗礼，我渴望

携手耕耘播撒绿的光芒

追求缤纷的梦想，我渴望

在生活舞台上谱写七色乐章

仰视深邃的星空，我渴望

与灵秀的玉兔同挂一个月亮

憧憬参天的大树，我渴望

自己的心胸成为灵芝的天堂

# 月亮身边的梦

听说夜间你做了个
有趣的梦，
你告诉我，
天上多出一颗星。
那种滋味，
只有你能说清。
你快说：
星星是否有心灵？
你有梦，
还有星，
可我缺乏的
仅是果敢的风。
为了期待，
你把心挂在夜空，
我却为谁思念，
为谁多情？

# 青春旅程

爬上一座山，
头顶的还是那重天；
趟过一条河，
脚踩的还是
那小小的圈。

带上一种祝福，
即刻升起船上的帆。
生命的海洋里，
还在流淌
不败的热血，
还在激荡
不朽的誓言。

行囊太沉重，
沉重得步履维艰。
如丝的追求，

再剪也剪不残。
执著地跋涉后，
匆匆遗下的依旧是
苍苍的岁月，依旧是
形影姗姗。

春风得意时，
可否生长参差的
旧梦？
可否降下鼓动的
白帆？
依依如是，
青春是浩荡的
星河；
青春是菁华的
光年。

沧桑之旅，
总有踟蹰的印迹，
总有离析的空间。
天涯尽头，
总有熊熊不息的火炬，
总有独树一帜的旗杆。

# 我的青春我的梦

红红火火啊，
不知何时，忽地
卷起洒脱的
大潮风。
南国雨北国情，
丝丝缕缕，孕育出
浑圆的青春梦。

行走中，赶得
苦苦的依旧是
难以拓宽的征程。
不再寻觅，不再
痴心忘情。
一切都将逝去，
只剩下那盏
恒久不灭的灯。
登峰，花季里有我

无限的赤诚；
揽月，星云荡涤出
快活的钟鸣。

岁月无愁，群鸟
飞向高远的天空。
迎太阳的歌儿，
怎能不大声唱？
来吧，让青春梦
承载
绿的壮阔绿的峥嵘！

# 梦之旅

季风盘旋，
我童年的心
已很遥远。
景色飘飘，
烟海中行船，
我却忘升起了帆。

流年荡漾天与地。
莫名神态中，
蒲公英挂满了
小草的胸前。
漫长的旅程，
青春的双桨
已耕出
翻滚的田园。

# 给一场雨

纵使这场雨
倾诉三百六十五声
叹息，我也要
撑起堕落的天宇。

纵使这场雨
撕成千条万条，
我也要感觉一次
壮美的崛起。

# 青春瞬间

早已为这一夙愿
酩酊醉过；
早已为这次出征
树起纯青的气魄。

不要说，说这
是一种茫然的赌注，
看那异样的目光，
相信你也能寻到
久远的壮举，也能
葬埋一切卑下的堕落。

早已为这次激荡
奋勇变革，
可不知身后是否
有人跟着我。
早已为这般模样

潇洒拼搏，

可却怕远航后，

身心依然漂泊。

不要，你可不要

以为这次唱的还是

还是那首凋敝古老的歌。

这次，就这次，

出奇的碎玉将塑造

一种崛起的蓬勃。

不再迟疑不再揣摩，

如此地雷厉，

如此地磅礴，

却早已是浪淘黄沙，

早已是风涤岁月。


那一瞬间，

我发现青春之戟，

在不垮不裂不倾不斜中，

昂起清晰的轮廓。

# 青春速记

心是编不完的
网，一旦放下，
就没有最佳的选择。

起风的一刻里，
泪水化为海洋，
或许准我捞取
清冷的失落。

无言的爱，
最怕回避与逃脱。
幽幽暗暗的，
没有滋味的水，
只能在杯中折磨。
才发现，散步
不比放风筝洒脱。

红飘带扬起

外面的世界，

时光才不会那么

蹉跎。紫灰色的

空中，回忆

苍白得多。是我

走近了太阳，

还是太阳拥抱了我？

# 我的世界

有种感觉，
很想弹去
我的风尘。

当我再一次
苏醒时，那棵
与我并肩生长的树
已很青很青。
依恋过岁月，
我只有一个小的
世界。虽然似那树
只有一种本色，
梦却时常更改。

我知道：
重重叠叠的
绝非圆满的光年，

燃烧的曙光，终归
圆我旧去的心愿。

到那时，我
唯有抉择如一，
唯有希冀不变。

# 苍旅

荒原在晨雾中行走
白马于黄昏时饮泣

竹箫旁　落雁在幽幽嘶鸣
我的白马像无助的艾蒿
被大风卷得痛不欲生
在了无尘迹的旷野上
蹄声杂沓
或许把雷声淹没
黑云翻滚
似要将骤雨倾尽
驻足凄楚的古道旁
我忽然感悟到
这世界正在追逐中颓废
如那小桥下面
干裂的河床
不再有波痕　或许

朝阳在海的那边

汹涌不尽的希冀

而鸟未飞　生命

怎能索求空洞的升华

骑在凹凸的马背上

我恍惚看见

遥远的大漠向后奔腾


我的风格不会

使这匹马蹒跚得独特

在漫长的途程上

为了实现生命如翠竹般

分节吐绿一展蓬勃

我不停地促马

向天空那轮明月靠近

# 路歌

云烟片片散落，
暮色就沉沦得悲壮。
我的笛声并不悠扬，
却与时光一起
萦绕不绝。

雨过之后，
这征衣就在
未红先紫时抖落
段段思绪。
于是，几枚花瓣
才如释重负。
情调悄悄淡漠，
铃声依旧丁当，
我虽会老死，
春心终不会泯灭。
放眼寻觅千里万里，

最辽远处依旧

清纯一色。

行囊充实我多年，

心中已渐渐耸起煊赫的驼峰。


与流年相随，

我只倾心成

风摇树摆的

神与态。

# 风雨中

雨在风中，
人在风中，
风中有一人
举着岁月走。
淋湿了一道风景，
打落了几抹征尘，
任这雨如何倾诉，
任这风怎样纵横，
这人却矢志不改
既定的行程。
风在雨中，
人在雨中，
雨中有一人
化成一缕风。

# 风景线上

逍遥如风，
依旧留下无奈的印痕；
挺胸疾步，
依旧牵挂疲惫的身心。

苍旅淡淡，
行走的模式难免
汇成一片匆忙的云。
年华褪色很多，
而写诗的季节
总有昨夜星辰。

衣衫未换，
寸心却不再清贫。
无虑的辗转中，
只刻意悲壮成一种
璀璨和缤纷。

# 一种回答

走出心头，
也难寻到失落的
影踪。
昏黄的雨季，
为何消磨轻柔的
风?

滂沱的雨，
只为圆出一场
滂沱的梦。
不是石头，敲打它
怎会传出僵冷的
回声?

我不相信
愁云总能使天空
哭出眼泪；

我不相信

死水总去浸泡

大地的心灵。

# 我多想

我多想变成一朵白云
把信念高高挂在天上
让湛蓝的梦永远怒放

我多想化做一缕微风
轻轻掠过肥沃的土地上
使收获的季节充满馨香

我多想融为一滴水
晶莹的心灵清纯的思想
融进大海后就滚滚激荡

我多想弹出一首歌儿
旋律优美音调铿锵
为蓝色的事业豪迈吟唱

# 假如我是

假如我是浮云沉雾
我愿游向崎岖小路
亲吻萋萋野草上的露珠

假如我是朝阳晓月
我愿照耀阴暗的角落
吞噬空气里淡淡的尘污

假如我是宏楼伟厦
我愿把握每一寸光阴
留下匆匆逝去的孤独

假如我是崇山瀚海
我愿描绘壮美的画图
为不朽的长城尽忠守护

# 青春不惑

也许，青春雨

还要把青春淋漓

也许，痴情梦

还要还要

延长那么一段距离


跋涉得好苦好累

若不思信念

怎会一往情深

又怎会至死不渝

当然，青春的诺言

不会随风飘逝

终会古老的

定能与天地一同

成熟

千载难逢中
我会告诉你
那株摇曳了
不知多少年的红松，依然
笑傲千里，依然
顶天立地

而今，我才知道
淡黄色的日历
是我很早很老的
朋友，而你也发现
如梦的年华
已不再孤寂

# 脚印，留给春天

说什么足迹留在昨日？
谈什么脚印留给冬天？

幼稚的表演，
丰富成一个万花筒。
无畏地笑一次，
可以换来无数景观。
倚靠的不是
童年栽下的那棵树，
偎依的还是旧去的思恋。
也可能停下的只是船，
不是帆。

秦时的那轮明月，
为什么总是圆了又缺，
缺了又圆？
古道的那匹瘦马，

为什么站了走，走了站，
怎么走也走不完?

不知不觉，
只认为生存是
一种淡淡的延续；
惶惶惑惑，
才知陌生的距离
就那么一点点。

步履开始沉稳，
可衣带却难以放宽。
怕只怕，
登不上神往的主峰，
落不下孤独的樯帆。
虽然，
前面是万紫千红；
虽然，
道路宽宽。

青春是生命的山，
山上生着苦也长着甜。
精疲，就稍息；
力尽，当睡眠。
直起来，

是一座山；

赶上去，

九层云雾一重天。


足迹是历史；

脚印，留给春天。

# 朋友，莫停留

在风的鼓舞下

我们走

在雪的故园中

我们走

啊，朋友，莫停留

人生的脚印

在我们身后


也许你在黎明时

开始起程

广阔的天地

足够足够

也许你匆匆

与月光同行

编织的思绪

充满四周

也许你独自徘徊于

暗淡的黑夜

困惑中你也要

把目标寻求

啊，朋友，莫停留

努力的音韵伴有

惊人的节奏


换下你童年的幼稚

来实现你今天的追求

寂夜里，朝阳下，黄昏后

啊，朋友，莫停留

风的和谐定会

吹去昨日的污垢


这并非黄鹤

真的飞去真的离楼

怀疑中问世人

是否有忧愁

啊，朋友，莫停留

长路更应疾步行走

风狂，莫悲泣

高雅的情操

可抵挡山寒水瘦

雪大，少忧愁

无私的心胸任万物存留

啊，朋友

人生的道路

无需去停留

最高峰的矗立

为我们而等候

第二辑　乡情之美

# 乡恋

童年
是一朵开不败的花，
故乡的小伙伴，
却都已长大。

那排粗壮的
白杨树，是否
为我说起盼归的话？
那座孤单单的
黄土山，是否
念我念叨得掉了牙？
青纱帐里的
小雨点，是否
还滴滴答答不停地下？
那只蹦蹦跳跳的
小黄狗，是否
还替我守着儿时的家？

乡情太浓，
浓成一碗高粱酒，
饮完依然热辣辣；
乡情不尽，
就像那条松花江，
悠悠荡荡翻浪花。

不再捉迷藏，
不再月下偷偷
去田里摘香香的瓜。
故乡已是一本
翻不烂的风景册，
珍藏着那个
生我养我的家。

# 思乡的风筝

你放风筝时，
心就开始等待
一个归乡的日子。
你放风筝，
你在地上走，
风筝在空中游。
风筝在摆动，
你恍惚如风筝，
你被风筝放飞
在空中。
你发现：
返乡路上，
那风筝在云中
悄悄跟着你走……

# 杨林

故乡的名字叫杨林

杨林里每个故事

都很迷人　很动听


岁月是一把尺

量来量去

量粗了杨林的腰

量来了一片

绿油油的好光景

老奶奶的牙齿

换了许多次

可越换越敢

面朝大平原的风

井口边　大碗水

喝了一碗又一碗

直喝得世界凉凉清清

忘记了小喜鹊们

攀飞的笑

忘记了老黄牛

那虔诚的迎

杨林俯视着我

仿佛在回忆

我顽皮的爬树历程

和那只放飞的大风筝

……


忽地一下

杨林变成了一株杨树

那样高那样大

那样与众不同

# 大暑

夜晚，倚在门前，
看星星热得发慌。
看树，树在
独自洒脱沐浴月光，
一种感觉似乎开始
裸露树的风尚。
于是，静下来
把心收回，
提笔写封思乡信，
再捎去蝉的呼声，
盼亲人寄来一份清凉。

# 离家时

离家时，
风景在泪中定格。
云也漂泊，
雾也漂泊，
我的伤感起浮于
憔悴中。
很想回回头
望一望我的家园，
可目光，已
朦胧如月色。

# 一次远行

冰天雪地时，
我告别了家乡。

从此，
家乡的亲人
成了我远方的朋友。

回回头，
恐泪水冻结在
思念中。
梦的列车上，
我不知道那冥冥灯火
会照亮何方。

大森林里，
小鸟还在唱吗？
那支离巢的歌，
只有我听得懂。

而今，这方梅雨

已如雪花纷飞，

在我新的家园，

孕育

潮湿的记忆。

# 坐在悬念之上

观阳光映射，

我的江河水位猛涨。

坐在悬念之上，

欣赏窗前高挂的腊肉，

心似乎在风干。

书滑落于手中，

那一缕弧线就绵得神伤。

北方的亲人那，

快给我寄些雪色冰香。

# 在都市里

在都市里，
无你无我，
生长繁花的流域，
拥挤在摇曳的途程。
仿佛盛满了水，
而且还在煮烧，
要不，你我怎么
感到这都市在沸腾。

在都市里，
心雨纷纷如星，
行走的姿态
恍惚成浪漫的街灯。
霓虹之夜，
远方的山村成了梦。
空中的月地上的灯，
不是想家的歌，
就是思乡的风。

# 写给大山，唱给森林

大山，一座
垒起山里人的性格
森林，万顷
荡起一首热辣辣的歌

没有谁对你这大山
俯仰瞩目，你缺乏
五岳造极的壮阔
没有谁对你这森林
歌功颂德，你没有
草原无垠的秀色

有道是风卷不起
你这大山的婀娜
有道是雪压不倒
你这森林的美德
只一瞬间啊，大山

你就饱览沟壑里的罪恶
即使春晖不返，森林
你依然展露永恒的绿色

哪怕岁月折断
你大山的躯干
你也无愧于祖先的巍峨
哪怕光阴压弯
你森林的脉搏
你也不会青睐那种沦落

山里人搬不走你这大山
无言的许诺
山歌却唱出你这森林
世代拥有的显赫
枷锁，囚不住
大山的骨骼
尘埃，封不尽
森林的气魄
就这样，大山与森林
难分难舍
就这样，大山与森林
共同举起春秋的重托

# 兴安铭

溯源北陲，
遥远洪荒。
初始鲜卑仙洞，
岁月更迭，
歌起一方。

入历朝史卷，
融变迁纷纭气象。
鄂族世居，
足迹苍茫。
仰马背从容于黄金古道，
驮起鲜卑山脉，
寓意兴国安邦。

硝烟起伏，
群岭逶迤，
烈焰浴血神威起，

杜鹃红遍山河壮。
不屈气节之精神，
属抗击日寇篇章。

物华宝库，
自然蕴藏。
开发建设者，
史册无人当。
国策堪称宏伟，
号角独处嘹亮。
破禁区，
八万奇兵，
风餐露宿流血汗；
冲凌云，
兴安儿女，
感天动地歌飞扬。
功绩难磨灭，
汗青永流芳。

春风沐浴，
激起绿海波浪。
富民强区再创业，
生态保护注力量；
民族团结同发展，
社会稳定人安康。

兴安家园书世纪经典，
首府林城展繁荣兴旺。

美哉壮哉，
宏伟画卷，
留得后人共观赏！

# 森林之歌

大山是森林的根基

森林是大山的骨骼

生息于森林里的你

看尽了枝干的曲直弯折

清清楚楚，大山为你

拥有一种成熟的姿色

你拒绝了广袤的世界

在森林里纵情放歌


很久以前，大山

就知晓自己的坎坷

或大或小或仰或卧

喧沸了几代的森林儿女

未曾忘记这里的根结

山里人啊

你真该唱一首野味十足的歌

悠闲的云鬓被绿染透

你知道吗？

除了鸟的鸣啾

枝丫上遍及的尽是郁郁的色

历史是无际的林带

林带里有你

不屈不挠的气节

那冬的禁锢这夏的挥霍

若非平平淡淡的循环

怎能取代大山的性格


夕阳吞噬了昏暗的绿

而你并未追逐

无望的寄托

古老驿站

理顺不协调的沉默

迷失的林道

为你囚禁放肆的流火

大山哀婉后

隐藏迷乱的风波


骄傲依旧

你圆熟的梦在山窝窝里

挤碎了丰满的晨曦

弯曲的林带主宰起

一串多彩的音波

大山慷慨地为你

担起深沉的失落

小白桦知道

森林拥有不变的躯壳


你看，若起若伏

若隐若现的云

在流露漂浮的许诺

森林不见颓废与枯竭

它也厌弃

不平等的给予狂虐的掠夺

那棵伟岸的镇山松

有动有静有声有色

山里人啊，你

该怎样把绿色挥写

# 告别森林

心，
飞成一只鸟，
森林梦就萦绕在
我的树梢上。

森林好大，
我的歌蓬蓬勃勃
在流连蕴藏。
叶子绿意葱葱，
就像那梦不会枯黄。
春华秋实，更改的
不是森林的容颜，
只是年轮的扩张。
而我那本
厚重的影集，
已化为
永不褪色的

思念和诗行。

任凭海角天涯
喧嚣如战鼓，
森林
终归绵延我心间，
连同我
如丝如缕的思绪，
分枝分叶
伸向远方。

倘使今生不再
不再走进森林，
我的心依然
绿意浓浓，
四季芬芳。

第三辑　生活之味

# 把诗重新歌唱

写诗的人，

在歌唱中把文字收藏，

在收藏中把诗重新歌唱。


在雾气弥漫的子夜，

诗人的目光在天上，

天上缥缈的星光，

就是诗人梦的海洋。


你的眼睛

为何点燃我的目光?

因为有火焰早已

把我的暗夜燃亮。

当黎明被泪水洗净时，

诗人再次点燃心中的太阳。

我的姑娘她是一片云，

只有她才是我依恋的翅膀。

我挥一挥衣袖，

不改自己的旧模样。

轻轻的我，

还有我心中那美丽的姑娘，

在云彩中轻轻地歌唱。


我收藏轻轻的云，

成诗成文成海洋。

美丽的梦啊，

你就像一支短笛，

在我心中把爱吹响；

你是风，

你是月，

你是一曲爱的华章。

# 山楂果

品出的不是
你酸溜溜的述说。

摘下后，你依然
独风傲雪；
捧起来，你就扬起
自豪的面额。

怎么不事先通知，
说你来自北方
来自雪国？
虽然你不是南方
相思的红豆，但你也有
相思的寄托；
虽然你来得太迟，
但你不失自己
昂贵的价格。

说你是雪里红，
你的足迹能遍布到
死亡沙漠；
说你是无瑕果，
你却拥有斑斑点点的
纹络。

噢，无论怎样，
尝你一次不少
千次不多，给予我
万般的滋味，
总有你甜美的诱惑。

# 掌家的人

掌家的人，
可知漂泊的滋味？
一碗米，
积攒一份劳作；
一段途程，
荡漾一首歌。
掌家的人啊，
烟花蒸腾时，
你切莫把夜空上
那颗流星
当成了我。

# 踏岁歌

我知道一种紧迫，
一种猛醒的紧迫。
流年，像一缕不定的风，
让我来不及触摸。

我是龙的子民，
遥遥征途，赋予我
移山倒海的气魄。
一样的景象，
万千种的诉说，
我感知腾飞的力量，
已注入疲惫的躯壳。

我知道一种紧迫，
一种振奋的紧迫。
钟鼓抖擞，
千百年的国风

就是一条不改路的河。
也许岁岁不老，
但我知道老了就会有
一种美德。

呼风，风即来，
飘荡的空间里，
涌出一片无际的蓬勃。
诗是云，云就是我。
关山横渡，
天涯任游，
脚下拥有心中的歌。

# 酒誓

我将心甘情愿地

饮下这杯

自己酿造的酒。

伴着风和日丽,

伴着风急雨骤,

拿出那种属于我的

洒脱的劲头。


哪怕这酒

多么炽烈多么浓厚,

怎样地使我痛苦

又怎样地使我忧愁,

我也要端起杯举起手。

我不会说

颠簸的历程是命运的

捉弄;也不会说

悲欢的思绪缠绕在心头。

日月星辰啊，
你可知你可知
一丝的醉意，
就是我一丝追求。

也许我的我的
酒量不够；
也许也许我还要
偷偷地环顾四周。
可我啊，我已选定了
这杯内涵丰富的酒。
横下心，张开口，
酣醉过一次，
才能品出什么是
真正的人生，
什么是真正的酒！

# 冬天里没有景色

冬天里没有景色，
那雪积郁成一个丘。
远行的你是否
还在故道旁停歇?

行云掠过，
苍白的帷幕刚刚升起，
冷意不知从何而至，
你是否把彷徨的风景
匆忙选择?

千里之外，
你持重的足迹
是否点缀无虑的依托?
冬天里没有景色。

# 飘落的音符

## 1

弯月勾起乡愁，
我在夜空中垂钓记忆。
摇摇晃晃后，我拾起
散乱的星云，
装进浩荡的行囊。
而那套换洗的衣裳
不知遗失在何方？

## 2

举杯喝酒，
喝下了古今多少愁。
杯影摇曳，

岁月又在酿造一壶酒。

不怪杜康常醉，

不怪江河滚滚不休，

只是宴席纷繁

设得太长办得太久。


### 3


我的树上没有鸟儿，

那挂满枝头的

除了叶子还是叶子。

若你站在我的树下，

就会体味

同样的殷实同样的蓬勃。

风转树不转，

枝头上挤满了鸟儿。

这时，你在树下

就会收到我成片的信息。


### 4


盲人节里，

我的感觉没有失明。

神态在手中，
视线在心里。
苍白间，我举足徘徊
把握一种方向，
企盼我的光明与梦
同往一个驿站。


# 5


老家在歌中美丽。
而走过一程后，
我的声音
为何开始沙哑？


# 6


心如草原，
有了放牧才有了追逐。
那苍穹下面，
是万丈豪情与无际的宽厚。
长歌随短笛悠扬，
我发觉：
春是春来秋是秋。

## 7

我又喝了一杯酒，
与你同醉，莫问
燕子低飞涛声依旧。
相伴的岁月
斟满了你我的心情，
快乐的日子里，
你的笑
就是我怀中的酒。

# 给蜘蛛

不希望，真的。
你的到来总是
早报喜晚报忧。

不希望，真的。
你的选择总是
高难攀低难就。

不希望，真的。
你的企盼总是
单相思双未酬。

不希望，真的。
你的盘织总是
静含悲动含愁。

# 远山

你已逶迤成
寂寞的风景。
嶙峋的框架间，
你却不失
一种尊严。
流云是你
死而后已的花束，
轮回的胸襟，
无愧于万物
赐予你的
豪迈祭奠。
凛凛风月中，
你以超脱的魂灵，
迎接一次
盛大的膜拜。

# 风中岁月

飘摇的昨日，
已变得古色苍苍。
落寞的思绪，
早已凝结在心头。

犹豫的一刻，
岁月又被风化。
形影相吊的途中，
还是未能遗忘清点
片片的时光。

膝上的竖琴
弹了又弹，就像
身上的征尘总是
弹也弹不完。

几度痴心不改，
方知落日流连时
终会托举一轮
莹洁浩荡的满月。

风景摇曳后，
那株奋然崛起的
白杨，已经
很粗很粗。

# 风追雨逐中

风追雨逐中

我在岁月的石碑上

打磨酸涩的苦难

那部天书日阴月阳

我不忍译读

卧于疲惫的高原上

与苍鹰讨论

一个遥远的话题

或渴望燃烧或祈求再生

哪怕气力千年后积攒完成

也要昂首振臂

让梦灿若群星

# 一棵不知名的树

我的窗前有一棵

不知名的树，它

不仅长叶、开花还结果儿，

最特别处，它还知晓

我蔓延开来的乡愁。

每当我独自举杯时，

它就向我频频致意。

一旦我饮酒放歌，

它就会与我一同

快乐地摇摆枝头。

这是一棵不知名的树，

树上挂着我的心绪，

树下为我

汲取充沛的雨露。

# 云的声音

我是一朵盼归的云，
在写诗的时刻
不再漂泊。

玫瑰丛中，
灵魂赤裸着燃烧。
这带血的文字
与芳菲的时光，
是我厚重的收获。
我在树的顶端
找寻一个生存的空间，
好把思念垂挂起来，
于风掠过时相拥绽放。

我不愿成为
那棵行走的树，
有了影子就有了牵挂。

只有在空中，
我才能独旅蓝天，
我才能沐浴阳光。

# 不会钓鱼的月亮

我不会钓鱼。
只是那湾秋水
令我把千古眷恋
缠绵成一泓苍凉，
好垂钓
一尾会思念的鱼。

其实，
我不愿陈列忧伤。
听过了琴瑟幽怨，
看惯了塞外雪虐风狂，
我独舞夜空，
伴随千年大漠萧萧飞扬。
而今，似曾
隐去了的笛声与清唱，
尚可凭吊
瘦马伶俜旅者断肠。

我不会钓鱼，
依如不会与太阳一同歌唱。
即或有所牵挂，
也原起鱼钩弯弯悬系过长。
就像那泊在苇中的小船，
只有期待没有方向。

我宁愿对行云伫候观赏，
也绝不正视霓虹的放荡。
我不会钓鱼。

我不会钓鱼。
偶尔游过一只鸟儿，
青衣小帽般迷惑我：
巢在水中不在树上。
当然，我只是钓鱼，
钓不会飞的鱼，
在星云漂浮的水面，
顺便打捞
孤柳、幽径和那张
寂寞的床。

我承认，
弯弯的我不会钓
那尾弯弯的鱼。

# 一片尚好的景气

夏夜空晾着我。
星空的红润，可是我
心酣意醉的结局?

拓荒的原野上，
劳苦培植无际的殷实。
我是耕天犁地的牛，
开垦着坎坷与荆棘。

收割的神台，早已
为我摆满了
白色的剑黑色的戟，
我握起它们，
挥动着，迎接
一场转世的风雨。

火焰跳跃，

黎明被撕咬成

血淋淋的残躯。

于是，流进杯中的酒，

滴滴化为

泣不成声的传奇。


轻风拂拂我的脸，

梦的田原已是

一片尚好的景色。

# 去赶海

去赶海，

赶得心情潮涨潮落。

为了倾听海呻吟

一种痛苦，

默默的我

静静守候于船头，

任凭目光浪花飞溅。

我深信，

当青春的弧线滑向彼岸，

飓风与海浪

定会荡涤

我疲倦的容颜。

# 赤足海岸上

赤足海岸上，

星空也有了边缘。

那死去了的海

还会隆起干裂的哀声吗？

用一张残破的网

去打捞回忆，而回忆

是否没有一丝忧伤？

苍白的渔夫之面，

蒙尘的只能是

茫然的纱窗。

当花朵重新在海上

一次次绽放，

我终于悟到了

再生的痛苦。

# 沙滩上

沙滩上，坐等
大海把衣衫晾干。
风啊，少些滋味吧，
我赤裸的脊背
遮挡不住
你那重重的咸。
我不知道海水有多蓝，
那淡淡的色彩，
只是我的戈壁我的荒原。
沙滩上，坐看
大海举杯杯空杯满，
还有那将伴我远航的帆。

# 我很疲惫

我想睡在你的树下

亲爱的，我很疲惫

若你把我当成一个富翁

就请宣布我的思想早已果实累累

当弯月挂在枝头时

亲爱的，你就会读出

我漂泊的滋味

流动的森林中

我这枚不甘遗落的黄叶儿

在瑟瑟地为你讲述我的履历

星儿啊，你为何这样多

多得我只能清点厚重的思绪

风儿啊，你为何这样浓

浓得我忘却了大地的安慰

亲爱的，睡在你的树下

我可能不会流出太多的泪

真的，我很疲惫

睡在你的树下

只是为了消除我的疲惫

其实，在飘落的瞬间

我已封存了一丝疲惫

好让亲爱的你感觉不到我很累

这树知道，我渴求的只是

一片晨雾一滴露水

亲爱的，我不会孤独

陪伴我的不仅有你

岩石、藤蔓和酸雨

还有那一缕淡淡的辉

我不会诅咒将压于我身上的雪

它除了疲惫还多了一份寂寞

或许阳光方能减轻我的疲惫

那么，亲爱的

鸟儿欢唱时你切莫摇醒我

真的，我很疲惫

# 永恒的暖意

天空使我精神富有，
大地却令我生活一贫如洗。

我没有私家车，
也没有别墅豪居；
我啊，
我只是上帝的一个灵魂宠儿，
我可以畅想苍穹，
放飞起飘舞的思绪，
催生出遨游的希冀。
我是大地的赤子，
一双长满老茧的手，
播下生命的苦盼，
握紧沧桑的犁。

我没有过多的积蓄，
购买如梦如幻，

更不想购买虚情和假意。
我只是想说啊，
我既然赤贫地来，
也就准备着赤贫地去。


在狂欢的夜晚，
我收集着人间温情，
把它聚集把它燃起。
我啊，我真的渴望：
它燃成红彤彤的烈火，
为我带来永恒的暖意。

# 一种心情

一种心情
就是一页风景，
垂暮之时，
恍惚成一缕风。

一种心情
就是一枚树叶，
飘游几回，
敢闯春夏与秋冬。

一种心情
就是一次航行，
起锚以后，
装满胀痛的潮声。

# 总有梦在心中

一种意念，

燃亮一盏灯。

不该放弃那片黑土，

不该眺望深邃的夜空。

孕育了千颗万颗，

仅有的依是

宽厚与蓬松。

即使闪烁一片，

也还有孤单远逝的

星。

风霜染尽

赤条条的瑰丽，

才发觉自己

总有梦在心中。

第四辑  爱恋之情

# 为你采来一片月光

亲爱的，我丢失了一枚宝石，
一枚蓝宝石，它可是我
在今晚将要献给你的礼物。
可惜，宝石悄然离开了我，
我只好任凭心儿独自疼痛，
面儿独自神伤。

不见我的宝石，
夜空上，只有纷纭的星子
以及那蓝蓝的月光。
亲爱的，相信我吧：
那蓝色的月光里有我为你
积攒着的无数颗
恒久闪烁的宝石。
纵然你看不见它，
亲爱的，也请你不要说出
情的能量和意的悠长。

要不，请你看看我的眼睛，
再看看那半缺半圆的月亮，
你就会相信，其实
丢失宝石总比丢失你强。
深情的夜空中，我永远是你
相随不遗的宝石，蓝蓝的，
就像那片绵绵的月光。

假若你再问讯
那宝石的去向，
那么，亲爱的，
就让我翻过你的窗栏
乘着不尽的夜色，去
为你采来一片月光，
把它轻轻地
轻轻地洒在你的床上，让它
育出一枚瑰丽硕大的宝石，
蓝蓝的把心儿燃亮。

# 海的依恋

立于思念的桅杆下
我拉紧了松动的帆
你悬挂舱外的风铃在看
海鸥掠过船头
却让我独自叮当叹息

我不知道这海水
可否有你寂寞的滋味
也不知道渔歌唱晚时
那张网能否收回
你潮水般的泪

在月色滔滔的海上
为了给你寄去一份爱
我把信鸽抱在怀中
告诉它回家的方向

海摇梦曳的黎明

我仿佛看到

盼我归航的你

在岸边

重新把渔火点燃

# 船歌

梦在船头，
船在桥下走。
我行走的心，
盛开在有风有月的
相思中。
芦中的妹妹哟，
你那琴声为何
不把我停歇的梦
也带走？

船在水中，
情在酒里游。
我的妹妹哟，
你弹琴的手是否
拴住了我无边的愁？
你慢些弹来我慢些走，
听一听悠悠的琴歌，

乘着船儿
顺着一江水儿流。

泪水斟满我的杯，
我的船儿载着妹妹你
去酿一船的酒。

# 我和你

我是初恋的朝阳，
你是贞洁的露珠。
每一次跳跃，
我都把心血倾注。

你是无瑕的露珠，
我是热情的光主。
每一刻闪耀，
你都不孤独。

虽然天地相距太近，
但我们彼此都
真诚地倾诉，
默默地祝福。

相信总能与你团聚，
我的形象将更加清楚。

相信总能让我如愿，
你的姿态使我叹服。

我们是一体，
我是你的港湾，
我是你的归宿，
两心相连在一处。

# 你可明了我的笑

你可明了我的笑？
笑里有片淡漠的云，
挂满了枝头与树梢。

你可明了我的笑？
笑里有颗痴醉的心，
难以找寻到。

你可明了我的笑？
笑里有个荒诞的梦，
圆成一个巢。

# 追赶月亮

常缠绕我的情丝，
在无聊中度过。

攀着高傲的她，
在梦中没有微愁。
醒后，能否离去？
那堆燃旺的火
无法熄灭，
我这粒横向孕育的
种子，该怎样成熟？

我只能在
亮光光的路上
追赶月亮。

# 月歌

千古蟾宫
总在良辰美景中
阴晴交替，
圆圆缺缺。

夜舟上，总有
一缕不尽的思绪，
浪漫漂泊。
一双奋勇的桨，
怎能任光阴
无恐摇荡肆意漂泊。
即便尝试
无数回的仰望，
也不愿冷落
九霄之上那
孤独的嫦娥。

古老的风尘，

纷纷沓至又匆匆

扬弃每一次

深沉的离合。

云河中，

可否还眷恋

圆满的辉煌？

可否还拥有

灿灿的皎洁？

寻寻觅觅千百次，

只为换得阳春封面，

只为倾听白雪颂歌。


怕只怕天边那颗

醉意朦胧的星，

黎明到来时，

才去寻找

泪流满面的

月……

# 枝头上不会长叶子

我一人在室内，
相信外面所有的树
以及与攀附树们的生命，
枝头上不会长叶子。
即便它们一起摇摆，
也不会抖动我的思想。
遥远的驼队尚在
沙漠中跋涉时，
我就将窗户关紧，
不让那风挤进我的心扉。
倘若春天真的来临，
她定会来叩击我的门。

# 你的梦

你的梦
在我的记忆中

你的梦
还是那样朦胧

让我陪你
走一段痴醉的路程

也许走远的
不是你的倩影

也许走远的
不是那流连的风

你的梦
在我的泪眼中

你的梦
依然那样匆匆

让我再向你
表白一次爱恋

也许走远的
不是你的恋情

也许走远的
不是你的梦

# 认识你，我才理解你

认识你，我才理解你

理解你，我才喜欢你

你在我的意念里

诞生，随着我的含蓄

你在我的梦中不语

等待我的醉意

总也情愁不断

总也泪眼凄凄

就像行不完的云雨

不知深浅不知高低


认识你，我才理解你

理解你，我才喜欢你

你在我的企盼里

归航，带来柔情蜜意

你在我的心中崛起

抚着我的慰藉

总也温柔不减

总也默默相依

就像行不完的日月

不知感慨不知叹息

# 记忆

你是否依然
记着那个雨季，
那个浑浑噩噩的
雨季？

凄切的石板路上，
你我直立成
两株缄默的树，
树干未枯，
树叶却瑟瑟战栗。
风为我固执，
雨为你肆意，
街景苍白，
树与树无力。

多年后，
你是否知道：

那个雨季，
已成为今天
一个淡漠的
序。

# 星辰

一次潇潇洒洒，
一次冷冷清清，
仿佛，幻觉只能
失落在最终。

真的啊，难以
咽下无言的泪；
真的啊，难以
告别陨落的星。
是否寻求无眠的
璀璨，是否
求得慰藉的升平？

即使天空
再度沾湿这深沉的
暗夜，也舍不去
两颗痴醉的星。

如烟的心绪里，
可否诞生那问候的
黎明？

总有那么一天，
无尽的眷恋，会
化作一缕缠绵的风。

# 爱成海洋

爱你，

用我这颗柔弱的心。

在风摇水荡中，

我如划行的船，

远时朦胧，

近时又清楚太多。

你在岸边，

我在海上。

任我疲惫不堪，

你就是敞不开

那多情的港湾，

让我稍作停泊。

我知道这一拒绝，

并非你的心愿。

在挥泪告别的瞬间，

有根缆绳抖动着

抛到了我的身边。

从此，

心成海洋，

爱成海洋。

我这叶行舟，

就在你的牵挂中。

# 莲之爱

夜风，吹动
我的莲叶，心绪
已如这支粉莲，
为我穿起
梦的衣裳。

只是心之笛
吹了许多年，
如记忆之水，
深深地把莲爱
悠悠吟唱。
任蝉嘶蛙鸣，
千呼万唤，
这莲依然含苞而泣，
在盛开前
凝结一抹清香。
而那缕绵长的思念，

正在泥土中
成藕结丝，
小心珍藏。

今夜，乡愁斟满酒杯，
故园的明月
万里相邀，映照
我的池塘。而这
莲花也似月光，
多了些淡雅，少了些
忧伤。

爱在莲心，
心在莲中，我的梦
已悄然绽放……

# 忘记不是愁

你说
忘记不是愁
丝丝的情愫
可否单独行
在心头

你说
忘记不是愁
苦苦的依恋
只是一种风
在自由

你说
忘记不是愁
淡淡的思念
过眼几片云
在飘游

# 我们

我们在海边，
听大海讲述沙滩的故事，
大榆树却在海的那边
疯长如潮水。
海风扇动你的情思
在那树上结网，
好打捞我
触礁沉没的记忆。
你在树上呼唤海潮
一万年不要退，
我在树下陪着月亮看
鱼儿似鸟在树尖上飞。
总有一天，我们
在海的那边回眸，
会发觉，其实
你是岸来我是水。

# 第五辑　从税之旅

# 税魂

一个蓬勃的字符，
在光大的苍宇中
没有卑下的虚空。
他的姿态如鹰，
把云霓衔到海上，
把水滴带上高空。
印在泥土里，
他能把种子萦出金黄；
写在树上，
树就丰硕得
躯干挺拔枝叶葱茏；
眷在风雨中，
风雨中就昂起
一道绚烂的虹。

一首无声的旋律，
在舞台上流淌得

岁月不停地叮咚。

也许听得到他的呼吸，

柔和成甜甜的风，

浓郁得辣酒不喝眼朦胧。

飘荡在地平线上，

地平线上就有万马奔腾；

屹立在朝阳下

朝阳下就崛起巍峨的峰。

他跳跃他飞舞，

黑夜里，

他成为萤火，

他成为繁星。


这是一种

朴素的梦境，朴素得

在跌宕的态势里

展露出高洁与神圣。

他痴痴地守候着那块领地，

那块湛蓝的

没有污泥的领地。

在高扬的旗帜上，

他让晓月羞愧，

他让晨钟铮铮而鸣。

血色滚滚，马蹄声声，

宏伟的征途扬起

雄浑的风。

就这样，他就丈量

一次不朽，

一次恢弘！

# 穿起一身蓝

穿起一身蓝

胸中撑起一片天

穿起一身蓝

聚财重担挑在肩


穿起一身蓝

征管路上不畏艰

穿起一身蓝

双脚踏遍好河山


穿起一身蓝

优质服务讲奉献

穿起一身蓝

公正无私保清廉


穿起一身蓝

风吹雨打经考验

穿起一身蓝

日月辉映更灿烂


穿起一身蓝

心潮激荡起波澜

穿起一身蓝

劈波斩浪扬风帆


穿起一身蓝

生命意义不平凡

穿起一身蓝

税收路上写誓言

# 春天的雪

我看见雪的光亮

在庞大的税魂架上燃烧。

这是春天的雪，

与那山路上没落的清雪

花瓣各异。

在春天里，

我只是把我的履历

誊写在雪的扉页上，

让风无法席卷我的足迹。

梦儿的滋味不再平淡，

松涛的气息绝非一种分泌，

我的程序中，

春天的雪是税收不败的动力。


我听见雪的声音

在汹涌的税海中响起。

这是春天的雪，

与那林间渐逝的冷雪

纯度不一。

我只是把我的大衣

挂在云的衣架上，

让天空做我蓝色的羽翼。

鸟儿的鸣唱不再低徊，

山泉的咏叹叮咚不息，

我的网络里，

春天的雪是税收纯美的主题。

# 我的爱

我的爱
像一根红线，
连着崇高的税收事业。

清晨，我的爱似朝阳，
开始奉献光和热；
夜晚，我的爱如群星，
迎来万家璀璨的灯火。
我的爱
没有天那样高，
没有海那样阔。
可我的爱呀，
是春天的绿草，
是秋天的红叶。

税收的道路上，
我的爱提醒我：

一尘莫染，

聚财为国。

哪怕挑战何其大，

困难怎样多，

我的爱也绝不会

蜕变和息灭。

收获时，

我的爱提醒我：

要做执着的小溪，

更要做一条大河，

奔涌不息，

激情不落。


我的爱

是森林中的短笛，

是草原上的牧歌。

在青春的乐章上，

我的爱

就是欢乐的音符，

永远跳跃。

# 蓝色的光

蓝色的光

是一缕多情的风

吹拂我灿烂的心房

让欢乐的音符跳起来

让清澈的词句向外流淌


蓝色的光

是一盏神奇的灯

照耀我走向明亮的地方

让闪耀的星星唱起来

让美丽的花儿格外芬芳


蓝色的光

是一片自由的云

引导我打开浪漫的天窗

让幽婉的笛声响起来

让明媚的心情放飞天上

蓝色的光

是一艘扬帆的船

催我横渡浩瀚的海洋

让激动的浪花荡起来

让励志的海鸥振羽飞翔


蓝色的光

是一首恢弘的歌

鼓舞我扬起坚实的臂膀

让非凡的勇气涌起来

让骄傲的旗帜高高飘扬

# 蓝色的旗帜

在我心中，
有一面蓝色的旗帜，
如天空高远宏大，
似海洋滔滔激荡。

这是一面骄傲的旗帜，
这是一面奋发的旗帜，
它未曾历经战火的洗礼，
却饱尝艰辛染透风霜。
站在旗帜下，
我懂得怎样付出无怨的情怀，
怎样筑造生命的辉煌。

有了这面旗帜，
涓涓细流汇成滚滚江河；
有了这面旗帜，
万里欢歌百花芬芳。

旗帜飘舞，

《中国税务之歌》越发高亢。

我深爱这面蓝色的旗帜，

这面光辉的旗帜，

它教我书写壮丽的诗词，

谱写磅礴的乐章。

旗帜闪耀，

指引航船劈波斩浪；

旗帜飞扬，

百万战士拥有

不懈的追求不竭的力量。


啊，蓝色的旗帜，

它点燃了群星，

它托起了朝阳。

# 你为税而歌

你为税而歌，

风中，挑起弯弯的担子，

雨里，拉着重重的车。


你为税而歌，

缘于爱心像条河。

知理纳税的意义

大题实在着作，

清正从税的道理

长话短着说。


你为税而歌，

衷情在心似团火。

一本书，

丰富你的思想；

七彩桥，

架起你的魂魄。

你为税而歌，

一年拨亮

三百六十五盏灯，

一路行程，

千言万语写寄托。


你为税而歌，

从此星辰相伴舞，

从此蓝天不寂寞。

# 税收，我要对你说

在繁星闪烁的夜晚，
税收，我要对你说：
蓝色的里程上有我
不懈的追求与开拓。

在希望的田野上，
税收，我要对你说：
金色的季节里有我
灿烂的微笑和寄托。

在翻山越岭之即，
税收，我要对你说：
莹洁的汗水中有我
赤诚的思想与脉搏。

在万里航程上，
税收，我要对你说：
无际的海洋中有我
火红的篇章与颂歌。

# 蓝色情歌

哥哥穿起妹妹
洗好的蓝税装，
心中升起一轮红太阳。
镜子前面妹妹笑，
一泓碧水满湖香，
湖中还有一个弯月亮。
摸摸哥哥亮肩章，
道声哥哥莫把妹妹忘。

哥哥收税上山坡，
妹妹心里想哥哥。
山上的树儿有多少，
为何棵棵挡住我的郎？
天上的白云飘过来，
笑看妹妹痴模样。
哥哥你呀莫分心，
妹妹一枝独秀为你香。

妹妹在家盼哥哥，
哥哥收税下山坡。
劳作的蜜蜂飞不停，
哥哥收税更繁忙。
坡上的果实甜又美，
聚财的重任哥来扛。
妹妹你呀莫牵挂，
哥哥从税敢担当。

# 兰花花情调

兰花花开在山坡上，
哥哥我从税喜洋洋。
山路弯弯情弯弯，
妹妹也像花儿香。

兰花花开在大路旁，
哥哥我从税心里亮。
哪怕路途多艰辛，
哥哥也要把路上。

兰花花开在田野间，
哥哥我从税更繁忙。
稻谷低头想妹妹，
不知妹妹啥模样。

兰花花开在河岸边，
哥哥我从税情义长。

河水哗哗流不停，
妹妹心头起波浪。

兰花花开在梦里头，
哥哥我从税诉衷肠。
星星跟着哥哥走，
妹妹成了圆月亮。

兰花花开在蓝天上，
哥哥我从税插翅膀。
云儿牵着妹妹的手，
哥哥妹妹共飞翔。

# 我唱了一首蓝色的歌

我唱了一首蓝色的歌，
歌儿的音色赛春天的花朵。
花朵跟着鸟儿飞，
鸟儿从此不寂寞。

我唱了一首蓝色的歌儿，
歌儿的旋律似夏日的江河。
江河伴着太阳走，
太阳从此永不落。

我唱了一首蓝色的歌儿，
歌儿的词句似秋天的田野。
田野无边风儿舞，
稻谷金黄好季节。

我唱了一首蓝色的歌儿，
歌儿的主题像冬天的灯火。
灯火随着星星舞，
星儿从此不漂泊。

# 雪莲花
## ——献给无私奉献的女税官们

在生命的峰峦上，
在思想的草原上，
我仿佛又看到了你
这傲然绽放的雪莲花
……

你从天边盛开的
那朵白云中轻轻地走来。
你高洁的身姿，
就是我心中秀丽的风景。
我需仰视方能欣赏
你秀丽的颜容。
群山绵延的气度，
怎比得上你的神韵；
虹霓醉染的迷蒙，
怎比得上你暗香的清纯。

你从塞外料峭的

那场暴风雪中轻轻地走来，

寒风未能摧垮你的斗志，

狂雪未能湮没你的气节。

你有不染尘泥的心蕊，

你有那执著坚实的根。

我多想走近你，

来体味你阅读你膜拜你，

可我又怕真的惊扰

你那馥郁的精魂。


雪莲花，

你是否知道我

在轻轻地吟唱着你？

# 收税忙

收税忙收税忙
收税的人儿为税忙
披星戴月写春秋
辛苦的滋味一人尝

收税忙收税忙
千言万语诉衷肠
细雨无声轻润物
纳税兴国尽力量

收税忙收税忙
双脚踩出一片光
几重山来几重水
地不老来天不荒

收税忙收税忙
收税的人儿不彷徨

清白一身气节重
光彩照人亮堂堂

收税忙收税忙
忙中不把责任忘
优质服务记心中
蓝色情怀似花香

收税忙收税忙
热血浇铸志高强
闪光人生不虚度
碧水蓝天任翱翔

# 在从税的征程上

在从税的征程上，
朋友，你是否知道
我在追求何种价值，
行走的是怎样的步履。

头顶起神圣的国徽，
双肩扛起从税的使命，
因为梦是蓝色的，
人生就多了一份含义。
在从税的征程上，
阳光是我前进的滋补济。
纵然雷霆万丈，
风骤雨急，
它都照耀着我，
要做忠诚无畏的税官，
不要堕落为一团泥。

我深知

在从税的征程上，

仅有一颗赤诚的心

还不够，还要有

接受考验的能力。

红尘中，也许

你有一种人生哲理，

比我实际。

你喝你昂贵的酒，

我品我廉价的茶，

思想的程序各不一。

饮着这样的茶，

我的心质地清纯，

为税矢志不渝。


在从税的征程上，

我是云一片，

我是风一缕，

以火热的情怀，

送出阵阵清凉的

气息。

# 我走来

我走来，

从缤纷的大市场走来，

带着从税的信念走来。

经济的舞台色彩斑斓，

似虹霓闪烁明亮。

我这颗坚定的心，

对着星空把誓言来歌唱。


我走来，

从肥沃的土地上走来，

带着从税的自豪走来。

我人生的里程上，

星辰相伴歌声高亢。

招展的旗帜，

如雄风般的思绪猎猎飞扬。


我走来，

从母亲的怀抱中走来，
带着从税的理想走来。
共和国的天空上，
雄鹰舒展万道霞光。
托举重任的肩上，
有双翅在催我奋飞翱翔。

我走来，
从黄灿灿的秋光里走来，
带着从税的希望走来。
税收的景象层层起伏，
像蓝色的大海，
我这朵跳跃的浪花，
伴着梦儿奔向远方。

# 梦

我做了一个梦，
一个蓝色的梦，
"税"字舞成了一条
蓝色浩荡的河流。
我在河里游啊游，
耀眼的星星们，
都变成了一朵朵
晶莹的浪花，
它们快乐地向我
倾诉跳跃的激情。

税的河流
不懈地飞腾。
我看到了它的势头
是那样的强劲，
是那样的不可阻挡。
河，流宽了流长了，

我和这朵朵浪花

一起在税收路上

不停地激荡。

# 忘不了那条路

忘不了那条路

那条永葆青春的路

那条无愧于税收的路


忘不了那条路

那条给予我欢乐的路

路边开满灿烂的花朵儿

馨香醉人的气息

让我陶醉在蓝色的路上

从此心也如花儿般盛开

从此爱也如花儿般痴情


忘不了那条路

那条令我魂牵梦绕的路

当我踏上那条路时

我就把自己的全部交给了它

那路上荆棘丛生

那路上风狂雨急

我依然行进着

行进得了无遗憾

行进得义无反顾


忘不了那条路

那条充满激情的路

路上旗帜猎猎

蓝色的风成为奋发的步履

让我在执著的跋涉中

立直腰身为税不悔

坦荡胸襟为税痴迷


忘不了那条路

那条与我生命同在的路

路是我人生的起点

路是我人生的归宿

# 我们同行

我们同行，像莽原上成群的骏马
更像天空上傲羽昂翅的雁阵
在激荡的河流中
我们的姿态就是那一抹抹翻飞的浪花
会聚着不息的欢腾
《诗经》装不下我们入云的浩歌
《史记》载不尽我们冲天的精神
我们没有响亮的口号与漂亮的词语
我们有的只是一腔为国聚财的热血
以及如这大海汹涌澎湃的豪情

我们同行，像黑夜中跳动的火炬
更像那彼此倾心闪烁的繁星
在艰辛的征途上
我们的步履就是那一道道靓丽的风景
描绘着绚烂的彩虹
绿树升腾起我们蓬勃的气息

鲜花映衬出我们芬芳的赤诚
我们没有拂荡的炫耀痴迷的陶醉
我们有的只是一个共筑伟厦的目标
以及像这高山坚强挺拔的身影

我们同行，像收获时金黄的秋光
更像那默默滋润万物的春雨
在平凡的岁月里
我们的业绩就是那一缕缕和煦的清风
展示无华的公正
征尘涂不脏我们自豪的颜容
血汗浸不透我们纯真的心灵
我们没有陈腐的狂想寥落的奢求
我们有的只是践行生命的厚重
以及似这宇宙宠辱不惊的永恒

# 走在春天里

走在春天里，
柳絮飘飞，
我在翱翔。
蓝色是我生命的魂，
树的声音，
像我的歌儿一样。

走在春天里，
心已化成了海洋。
涛声似火，
我在澎湃中熊熊飞扬。
那排排垂柳
犹在云里默写词赋，
如我的心声在激荡。
那朗朗的穹隆，
就是我蓝色的衣裳。
倘若飞来一只鸟儿，

绝非在炫耀它的美丽，
而是向我传递
远方灿烂的消息，
让我也振羽飞翔。

这春天是一种蓝，
蓝得江河长流水，
蓝得东方升太阳。
走在春天里，
我就成了
一种行走的蓝，
在风中自由歌唱。

# 我们是中国税务兵

从南疆的海浪声中，
我们踏上从税的征程；
在北国的森林里，
我们挑起聚财的使命。
平凡中体验平凡，
忠诚中擦亮忠诚。
一场改革，一次整合，
宏伟的时代，重新
将我们命名：
我们是税务兵，
我们是中国税务兵！

记得那年分别，
我们彼此难分难舍，
满腔要说的话啊，
依依恋恋都是无声的痛。
税收河流的两岸，

我们相互注视，

注视中早已泪眼朦胧。

难分啊，一个好集体，

不舍啊，一个大家庭！

怎能忘怀，

我们的战友，我们的同志，

我们的姐妹和弟兄。

在分别的日子里，

我们把牵挂写在了脸上，

我们把期盼留在了梦中。


我们是税务兵，

我们是中国税务兵！

这个称谓叫了很久，

很久后，我们依然如此的年轻。

在百万的大军中，

我们都有各自的姓和名，

都有责任在心中。

我们是战友，是姐妹，更是弟兄。

国税地税两大"兵种"，

有着同一信念，

有着同一号令！

携手合作还要把

聚财的攻坚来打赢。

我们是兵，

是兵，就要知道
号角为谁来吹响，
是兵，就要懂得
在雄浑中怎样来发声。
背起行囊，站好队形，
出发，出发！
我们是税务兵，
我们是中国税务兵！

我们是税务兵，
真正的中国税务兵！
征管评估求准精，
纳税服务闪群星，
选案稽查迎红日，
金税工程点明灯。
一样的责任，
共同的心声。
我们一次次拥抱辉煌，
我们一次次捧出证明。
书写骄傲不辱使命，
税徽闪耀，税务兵；
誓言神圣，中国税务兵！

时光如水，
这水是那样的清，

岁月有痕，

这痕又是那样的明。

二十四载从税时光啊，

二十四个春夏与秋冬，

不变的是理想，

无悔的是初衷。

奉献的情怀永不褪色，

那不老的脚步，

依然充满青春的热诚。

心，跳动一团火；

志，亮成满天星。

只要理想不灭啊，

那追求就永无止境。

税收路啊

是那样的亮那样的美，

它让我们无比骄傲，满怀感动；

税收路啊

是那样的宽那样的广，

它让我们斗志不减永年轻。

我们用汗水

浇筑共和国的伟厦，

我们用心血诠释

一个共有的英名：

我们是税务兵，

我们是中国税务兵！

坚守，坚守，

在同一信念中

我们迎来高远的皎洁，

我们托举宏大的神圣。


分，是共同目标下的互助；

合，是胜利会师后的相融。

昔日的战友喜相逢，

眼泪，情不自禁地流，

激情，此起彼伏地涌。

时光在流淌，

真情在纵横。

蓝色的税海上，

我们齐心划桨；

在历史的考验中，

我们书写无悔的赤诚。

曾经的梦继续燃烧，

曾经的血依然沸腾！

江河与日月，

霞光与晨钟，

二十四载啊，

我的同志，我的弟兄，

你可知我此时激动的心情？

我们终于会师了！

从此，我们同一支队伍，

从此，我们同一个家庭。

我们是税务兵，

我们是中国税务兵！


蓝色的天蓝色的梦，

蓝色的税收路上

走来的队伍它最雄壮最恢弘。

经历了二十四载，

我们终于走到了一起，

终于成了亲爱的同志，

亲爱的姐妹，亲爱的弟兄。

聚首，为了再次拼搏；

拥抱，为了并肩前行。

伟大的事业需要辛勤的耕种，

辉煌的篇章需要昂扬的激情。

在一个旗帜下，

合心，整装前行。

合力，纵横驰骋！

我们是税务兵，

我们是中国税务兵！

我们像莽原上的骏马，

在奔驰中感受自豪与从容。

我们高举不灭的意志，

让山川河流充满神奇，

让日月风云满怀痴情。

燃烧的火把啊点亮的灯，
指引我们去跋涉去远征！

我们是税务兵，
我们是中国税务兵！
在浩荡的东风里，
我们汇聚不竭的力量，
我们书写万丈的豪情。
在从税的使命中，
鲜花是绽放的光影，
汗水是源泉的象征。
我们坚守不灭的信仰，
燃烧出滚烫的激情。
我们是税务兵，
我们是中国税务兵！

岁月不老有担当，
时光无锈更年轻。
亲爱的同志，
亲爱的姐妹和弟兄！
我们相逢在盛世，
我们拥抱在黎明。
此时，我们涌动的情感
早已汇聚成澎湃的心声。
我们是税务兵，

我们是中国税务兵!

同一色制服同一条板凳,

一致的步调一样的从容。

我们有共同的姓和名,

共同的我们就是颗颗闪烁的星。

头上的税徽它更明亮,

肩上的重任它亮晶晶。

金色的时光啊,

税收的旋律它最美它最动听。

为了植根大地,我们会师;

为了擎起蓝天,我们同行!


我们同行啊,

同行的步伐是这样的整齐,

整齐得连形色都无比的端正。

我们听从召唤,

我们服从命令!

指引我们的是旗帜,

是灯塔更是蓝色的使命。

在一个旗帜下,

合心,我们一往无前,

合力,我们意志坚定。

心底的呐喊它最高亢,

眼里的泪花啊它最晶莹。

心连在一起情系在一起,

荣光在脸上，

激情驻心中。

亲爱的同志，

亲爱的姐妹，亲爱的弟兄，

就这样，唱响雄壮的歌；

就这样，意气风发向前行。

一个核心科学决策，

百万大军赤胆更忠诚。

党的坚强领导啊，

是税收事业发展的保证！


发展，发展，

我们团结一心，

我们戮力前行！

我们是税务兵，

我们是中国税务兵。

在从税的征途上，

我们倍感骄傲，

在从税的征途上，

我们无上光荣！

# 合之歌

一条激情水，
满怀梦想在向前。
朵朵的"四合"花，
在税改的征程上
它开得真娇艳。

事合，合成高大的新姿态，
葱葱郁郁好丰年；
人合，合起宽广的新历程，
严明的纪律挺在先。
力合，合美奋发的新目标，
无私从税讲奉献。
心合，合出远航的新气势，
忠诚担当撑起一片天。

四个"合"啊，
哪个它不厚重，

哪个它不超前？

合是一次盛大的拥抱，

合是携手相伴谱新篇。

事在人为讲融合，

凝心聚力担伟业。

四个"合"一幅画，

四个"合"绘出好山川。


山有巍峨成高峰，

河入险段它是涛涛的川。

那山是税务兵登顶的旗，

那川是税务兵前行的帆。

一个时代

有一个时代从税的美，

一个时代

有一个时代发展的好春天。


赤诚的金子忠实的种，

无愧的右手握紧的拳。

既然选择了从税路，就要

担起从税时许下的诺言。

聚财服务捧在手，

合的闪耀是繁星，

合的舞动是火焰。

历经四十年麦浪滚，

历经四十年改革大变迁。
最美不过合的作战图，
落地开花省地县。


挂起的牌子朦胧了眼，
多少个不眠夜，
多少次夜阑珊，
为了一个合，多少个男儿成英雄，
为了一个合，多少朵税花意志坚。
坚定的意志执著的桨，
辽阔的视野扬起了帆。
喜报频频长笛送，
楼兰大捷打赢了改革主攻战。
风儿徐徐吹，
歌儿轻轻唱，
图腾的卷帙藏"税"月，
有诗有梦春满园。


多少个难忘的日夜，
多少个精彩一瞬间，
因合，整齐的大军更威武，
因合，税收的山啊成巍峨
税收的川啊在变蓝。
一场改革融历史，
不灭的税魂高远的天。

第六辑　祖国之歌

# 同唱东方红

一

世界是海，
中国是船。

船终要航海。
东方未红时，
船已起锚。
海摇着船，
船踏着海。
风急浪大，
万里无涯。
船挺起胸帆，
昂起巨首。
浩渺的海，
威武的船。

东方红,

东方的船

是共济的船,

是奋进的船。


## 二


东方红,

一位伟人所辉映的绚烂画图;

太阳升,

一代英雄所吟唱的豪迈颂歌。


万年之史,

能有几首这样恢弘的歌?

汹汹之海,

又能有过几艘这样无畏的船?

迎着太阳升起的地方前进,

船将永恒!


## 三


如果你还是

一名初涉海洋的水手,

那么，你就面向东方；

如果你沉迷于

淡漠的海港，

那么你也要面向东方。

向着东方，

你就会心明眼亮；

向着东方，

你就会意志坚强。

也许，你

晕船倒下；

也许，你

畏惧淘沙的大浪。

但是，你应相信：

红霞满天之即，

海鸥定会展翅翱翔。


# 四


谁是真正的风流人物，

谁就是伟大的舵手。

海的胸襟，

广阔无边；

船的肌体，

坚实如钢。

一颗心，
是一抹浪花；
万众之心，
就是光芒万丈的
思想。


# 五


巨船推波逐浪，
旷世英杰稳操胜券。
东方红，
峥嵘世界又奈何你
高傲的神船圣帆？
惊涛骇浪前，
你可能运行艰难；
云遮雾罩下，
你也许踟蹰惆怅。
然而，东方日出，
东方必红，
你，这雄伟的航船
依旧信心百倍，
依旧斗志昂扬。
东方红，
真正的旋律，

绝代的歌魂。

哪怕海上

有多少不测的凶险，

船依旧勇往直前，

气度飞扬。

# 六

船是诗的国度，

诗是船倾吐的衷肠。

"东方欲晓，莫道君行早。"

东方是太阳初升的圣地，

太阳是航船追寻的地方。

你唱，唱那首

崛起的歌；

我唱，

唱那首不朽的诗章。

海依旧浩瀚，

而船却已灿烂辉煌。

# 七

一船奔东方，
满仓载朝阳。
东方红，
同唱的主旋律；
东方红，
炳蔚的华章！

# 我把赞歌唱给你

霞光染碧水，

东风到高原，

绿的是山林，

黄的是稻田，

红的是果实，

蓝的是辽阔的天。

祖国啊，亲爱的祖国，

当五星红旗升起，

当国歌唱响的一瞬间，

我真切地感受到了

感受到了你的气定你的庄严。


诞生在革命年代，

沐浴在胜利的秋天。

蹒跚起步，

也能一往无前。

祖国啊，亲爱的祖国，

千山万水培育你的信念，

熔炉里的火种啊，

将希望为你点燃。

从东到西，从北到南，

宏伟的建设

为你多拉快跑；

晴朗的日子里，

到处是鼓足的干劲，

到处是红红火火的烂漫。

长江浩荡不息，

涌动一首首豪迈诗篇；

黄河波涛汹涌，

保家卫国的壮举

让中华民族获得尊严。


五年一个目标，

每个目标都要翻几番。

天南地北抓生产，

各行各业搞基建。

一个工程刚施工，

另一个工程在追赶。

蓝图在描绘，

长卷来舒展。

青纱帐与甘蔗林同茂盛，

海南岛牵起了大兴安。

"两弹一星"让中华儿女扬眉吐气，

长江大桥与万吨巨轮

把五湖四海紧密相连。

学雷锋，讲奉献，

学铁人，拼命拿下大油田。

一代人有一代人火热的情怀，

一代人有一代人奋斗的誓言。


在沧桑中记载变迁，

在风云中迎接考验。

祖国啊，亲爱的祖国，

困惑中你不迷航，

跋涉中你不畏难。

不管道路多坎坷，

不管征途多艰险，

祖国啊，亲爱的祖国，

你挺直腰身屹立不倒，

你笑傲世界勇往直前。

你有你光芒万丈的思想，

你有你劈波斩浪的船帆。


春风在吹拂，

大地在回暖。

小岗村的溪水啊真清澈，

中南海的灯火啊最璀璨。

一场前所未有的改革，

一次气势恢宏的壮举，

甜了心扉醉了指尖。

东南沿海的浪潮

一浪高过一浪，

开放的步履啊，

越发的执着越发的矫健。

"一国两制"新构想

在紫荆花和莲花中绽放；

1997 年，七子之歌

把中华的圣火重新点燃。


改革在伸展，

洪流在蔓延，

三峡的风姿入了神州的眼，

世界贸易啊，

他让祖国天地宽。

凝心聚力，

一步一个脚印；

务实开拓，

一环扣着一环。

九八抗洪，军民携手来奋战；

国企改革，党和政府挑重担。

有风雨，不回避，

有雷电，不胆寒。

为了你为了我，

为了五星更灿烂，

中华儿女齐攻坚。


百花盛开，

百鸟鸣啭。

新时代，展新时代的风采，

新时代，树新时代的典范。

五星红旗迎风展，

天安门前百花鲜。

创和谐社会，

建秀美山川。

跨过一道沟越过一道坎，

吹响集合的号令，

听从母亲的召唤。

山知道江河也知道，

祖国啊，亲爱的祖国，

在你的星空下，

中华儿女众志成城

扑灭大非典，

在英雄的大地上，

中华儿女同舟共济

抗震救灾在汶川。


心儿啊，跳动的节奏

是那样的有力那样的自然。

肌体啊，蓬勃的魅力

是那样的强大那样的新鲜。

奥运的火炬，

在大地上传递；

太空的星云中，

嫦娥在揽月，

神州在飞天。

崇尚科学的新思想

是理念更是发展观，

辽宁号在蔚蓝的大海上

捍卫神圣的主权。


南国，北疆，

东海，西川，

处处轻风徐麦浪；

乡村，城市，

峻岭，峰峦，

遍地英雄肯登攀。

澎湃的是大海，

沸腾的是群山。

新使命新思想，

不忘的是初心，

崇高的使命挑在肩。

富饶的大地啊，

它的色彩最娇艳。
奔着目标去，
挺拔了脊梁秀美了颜。

波澜壮阔的卷帙上，
"五位一体"谋布局，
"四个自信"闯难关。
勇于革新除腐败，
昂扬的斗志真不凡。
一架架大飞机轻松来起降，
一列列高铁飞驰地北和天南。
港珠澳大桥过伶仃，
"一带一路"显风范。
真扶贫扶真贫，
共建小康梦在圆。
一项项振兴的课题，
一场场改革的攻坚战，
生态文明垒起了金银山。
祖国啊，亲爱的祖国，
你火了世界，
热了河山。

有进步就有困难，
有轻松就有忧患。
世界海洋有财富有宝藏，
更有漩涡和巨澜。

真诚外交，

斟满好客的酒；

果敢应对，

紧握打狼的枪杆。

清晨让世界知道白，

白鸽让天地识别黑，

坦然自若拨浮云，

针锋相对迎挑战。

文明自有文明的传承，

文明更有文明的渊源。


绿了山林黄了稻田，

红了果实蓝了高天。

祖国啊，亲爱的祖国，

在你神奇的大地上，

我愿用生命为你付出，

我愿用汗水把你浇灌。

满腔的是赤城，

不灭的是火焰。

祖国啊，亲爱的祖国，

我把赞歌唱给你，

唱你的千秋万代，

唱你的薪火相传。

唱你鲜红的太阳永不落，

唱你光辉的道路永向前！

# 致共和国

礼花在风烟中为你

书写凝重的字符

无言时，岁月也能

证实你抛弃了无奈的

孤独

那首恢弘的歌

重新使你崛起

不倾的大厦啊

又怎能忘却

你的峥嵘你的桎梏


残风已息

万里秀色，已绘成

一幅辉煌的画图

闪光的不仅是你的

名字

巨变的河山

再次把伟业精心构筑
那阵阵的吼声
早已是惊天动地

看透你，并非你
没有阴霾没有迷雾
为你跋涉啊
并非没有成形的路
你这深沉的叹息
只为一个灿烂的瞩目
你坚信你的世界
会无比昌盛无比富足

# 致黑龙江

流了千年万年，
你身边的风
又起又落；
世世代代饮不干，
你头顶的月
圆了又缺，
缺了又圆。

在你不朽的梦中，
你曾经咆哮出
震天撼地的悲鸣。
举世难述尽
你含血含耻的过去。
谁也难绝断
你的威严你的希冀。
肥沃的黑土地
是你坚固的根；

绵绵的山，

给了你强壮的躯。

在你行进的路上，

飞龙为你增添

振飞的雄羽。


老北方人知道你

有自己独立的胸，

有自己强健的脊。

黑土地上的人

怀念着你，每走近

你一步，心就热一回。

只要肤色未改，

就不能啊，

就不能忘记你。


流了多少天，

淌了多少年，

昂起头，你终能

找回自己完整的躯。

火烧，不毁；

刀砍，不移。

你已把自己写成

一首坚贞不渝的诗。

# 复活树的自述

我曾度过枯黄的岁月，
而我的生命并未完结。
烈焰对我狂啸、叫嚣；
黄云向我挤压、笼罩。
在冷与热的考验下，
我的血在流淌在喷射。

身躯已断残的我，
有过一段艰难和坎坷。
苍海里的悲歌我唱过，
迷雾中隐幻我演过。
就算千万种姿态吧，
我仍然具有倔强的性格。

日见苍老的我，
终于有一种成熟的生活。
春天的梦夏天里做，
秋天的酒冬天里喝。

与我永存的世界呀，
我懂得怎样唱一首
属于自己的
绿色的歌！

# 写在香港回归时刻

也许一百多年

仅仅是万代沧桑中的一页风景；

也许一百多年

沉重的羞辱

不足历史长廊上的一抹尘埃，

可是，朋友啊，

你怎知这一百多年来

饱含了多少叹息与悲哀？


填都填不尽载也载不完，

沦丧的丧歌起于落后与腐败。

曾经放弃了一百多年，

中华民族最终将把尊严树起来。

紫荆花开了败败了又开，

跑马场上的决逐，

还是看谁跑得快。

一百多年的阻隔，

怎能锁住龙的骨髓龙的血脉？

耻辱不是永久的灾难，

图强才是最有效的表白。

中华民族的血液来不得掺杂，

依如不能混淆的黑与白。

不堪回首的一百多年啊，

那枷锁解下的一刻，

朋友，难道你举起的

仅仅是一杯迎庆的酒吗？

是的，你不能忘记，

一百多年的心碎与难挨，

风霜的吹打烟云的遮盖。

也许一百多年已成为

一条荡涤历史的激流，

也许一百多年使旧岁换骨脱胎，

可是，朋友啊，

你还要看一眼这颗明珠上

那凝重的色彩。


不要忘记啊，

忘记不仅是背叛，

而且还意味着

一种轮回的衰败！

# 以诗的名义

以诗的名义，
我们放弃稿纸纵横网络。

以诗的名义，
我们磨炼刀笔奋力跋涉。

以诗的名义，
我们踏遍千山万水险峰沟壑。

以诗的名义，
我们快意前行任灵魂不再漂泊。

以诗的名义，
我们让岁月闪光道路不再蹉跎。

以诗的名义，
我们在虚拟中把玫瑰强行嫁接。

以诗的名义，
我们求同存异抛却自我。

以诗的名义，
我们渴望尊重紧密团结。

以诗的名义，
我们寻求同种目标同种寄托。

以诗的名义，
我们相互勉励彼此感谢。

以诗的名义，
我们真诚相助共同跋涉。

以诗的名义，
我们厮守相互依赖的准则。

以诗的名义，
我们义无反顾无比快乐。

以诗的名义，
我们春暖花开如圣火。

# 北极村

北极村，你这个
令人心驰的地方。
踏着薄暮，牵着月光，
我轻轻地轻轻地
走近你的身旁。

七星山脚下，
北部神州的天堂。
这里，
是你生息的家园；
这里，
是你抒写画卷的长廊。
一百多年的历史，
从一个荒凉的驿站，
出落成一个
魅力无限的村庄。
如果说，江水

是你行走的路线，
那么，云雾就是你
飞扬的翅膀。

北极村，你这个
令人遐想的地方。
唱着歌谣，写着诗章，
我轻轻地轻轻地
走近你的身旁。

北陲亭前古水井旁，
流连忘返诉说衷肠。
这里，
是你繁衍的根基，
这里，
是你展露大美的土壤。
春夏秋冬寒来暑往，
你神韵闪动，溢彩流香。
红花绿树青山蓝天，
绣不尽你的美；
滑雪狩猎垂钓夜宿，
品不完你清澈的香。

哦，北极村，
你这令人神往的地方。

哪怕天涯海角，

哪怕山高水长，

我都甘心为你

尽情歌唱。

# 我的母亲，我的黑龙江

我想在你的天空飞翔，

我的母亲，我的黑龙江。


我来得太迟了，

我的母亲，我的黑龙江。

真的很想你，

我的母亲，我的黑龙江。

你的姿态你的容颜

与山川同色，与莽原同行；

你的精神你的气节

与天地同在，与日月同光。

只要信念不失，

你的雄风就依然激荡。

无论风雷雨雪寒来暑往，

你奔腾的梦

谁也无法阻挡。

不管险滩还是巨石，

都难以削减你那
一往无前的力量。

我来得太迟了，
我的母亲，我的黑龙江。
你是我全部的生命，
你是我宁折不弯的脊梁。
你渊源不移，情怀依旧；
你至爱永恒，雄风浩荡。
只要山河容颜不改，
你就不会迷失奔腾的方向。
无论走到天涯海角，
我的心都为你激动，
我的梦都为你飞扬。
你是我的母亲，
你是我的黑龙江。
我愿为你誓死捍卫，
我愿为你纵情歌唱。

我的母亲，我的黑龙江，
你是我永不枯竭的源泉，
你是我永远厮守的家乡！